AF460031

3 Juin 1909

COLLECTION S. L. DE LONDRES

Estampes Japonaises

Dessins d'après Hoksaï

DONT LA VENTE AURA LIEU LES 3, 4 ET 5 JUIN 1909

A L'HOTEL DROUOT, Salle n° 9

Commissaire-priseur : **M. F. LAIR-DUBREUIL**, rue Favart, 6.

Experts : **MM. BING**, rue Saint-Georges, 10.
H. et A. PORTIER, rue Chauchat, 24.

EXPOSITIONS :

De 9 heures 1/2 à 6 heures.

PARTICULIÈRE : Chez MM. Portier, 24, rue Chauchat, les 27, 28, 29 mai, 1er juin.

PUBLIQUE : A l'Hôtel Drouot, le 2 juin.

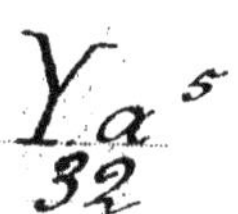

Estampes Japonaises

Dessins d'après Hoksaï

Juin 1909.

CONDITIONS DE LA VENTE

Elle sera faite au comptant.

Les acquéreurs payeront 10 p. 100 en sus des enchères.

COLLECTION S. L. DE LONDRES

Estampes Japonaises

Dessins d'après Hoksaï

DONT LA VENTE AURA LIEU LES 3, 4 ET 5 JUIN 1909

A L'HOTEL DROUOT, Salle n° 9

Commissaire-priseur : **M. F. LAIR-DUBREUIL**, rue Favart, 6

Experts : **MM. BING**, rue Saint-Georges, 10

H. et A. PORTIER, rue Chauchat, 24

EXPOSITIONS :

De 9 heures 1/2 à 6 heures

PARTICULIÈRE : Chez MM. Portier, 24, rue Chauchat les 27, 28, 29 mai, 1er juin

PUBLIQUE : A l'Hotel Drouot, le 2 juin

ESTAMPES

LES TORII

KYONOBOU (Torii)

(1664-1729)

1. Hosoyé. Acteur coiffé d'un grand chapeau de paille, élevant son sabre. Enluminure à tons polychromes et poudré or.

Signé : Torii Kyonobou.

2. — Femme debout, son parasol à la main, écoutant sur sa terrasse un musicien qui lui joue de la guitare. Enluminure à tons polychromes et poudré or.

Signé : Torii Kyonobou.

3. — Femme debout, devant une terrasse fleurie, tenant une boule dans la main gauche. Enluminure à tons polychromes. Ceinture laquée noir.

Signé : Torii Kyonobou.

KYOMASSOU (Torii)

(1679-1762)

4. Hosoyé. Acteur debout, élevant un écran. Enluminure à tons polychromes et de parties laquées noir.

Signé : Torii Kyomassou.

5. Hosoyé. Personnage, debout sous une grosse cloche, coiffé de la perle sacrée. Enluminure à tons polychromes.

Signé : Torii Kyomassou.

6. — Grande estampe en hauteur représentant les dieux du Bonheur au milieu de leurs attributs. Enluminure à tons rouge et jaune.

Signé : Torii Kyomassou.

7. — Homme debout près d'un baquet, causant avec une jeune femme sur sa terrasse.

KIYOHIRO (Torii)

(1708-1766)

8. Hosoyé. Personnage debout sous un saule, son chapeau à la main. Enluminure de vert et jaune.

Signé : Torii Kiyohiro.

KIYOMITSU (Torii)

(1735-1785)

9. Hosoyé. Grande estampe en largeur. Personnages sur une terrasse, regardant un dragon qui se précipite sur une pêcheuse tenant la perle sacrée. Estampe à tons rose, vert et jaune tendres.

Signé : Torii Kiyomitsu.

Provenant de la collection Hayashi.

10. — **Beniyé**. — Élégante jeune femme debout, son éventail à la main.

Signé : Torii Kiyomitsu.

KYOTSUNE (Torii)

(1735-1785)

11. Hosoyé. **Beniyé**. — Colporteur, son éventail à la main, devant un enfant accroupi.

Signé : Torii Kyotsune.

N° 10

N° 3

N° 7

鳥居清満画

尾上菊五郎
繪師鳥居清信筆
芝神明前

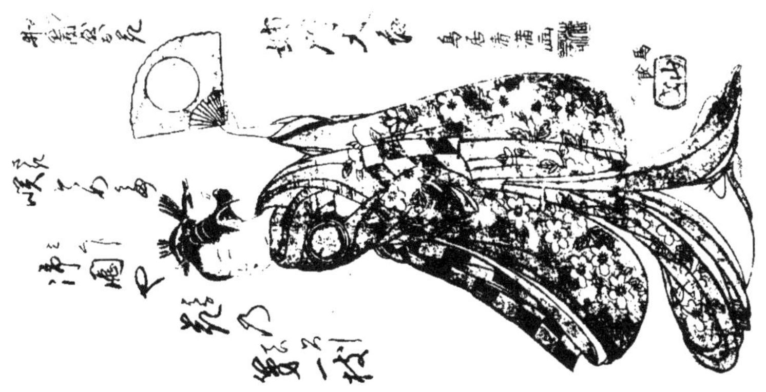

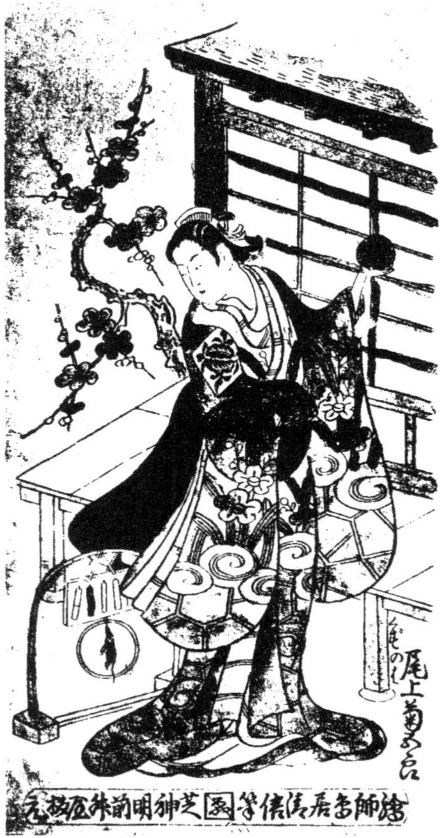

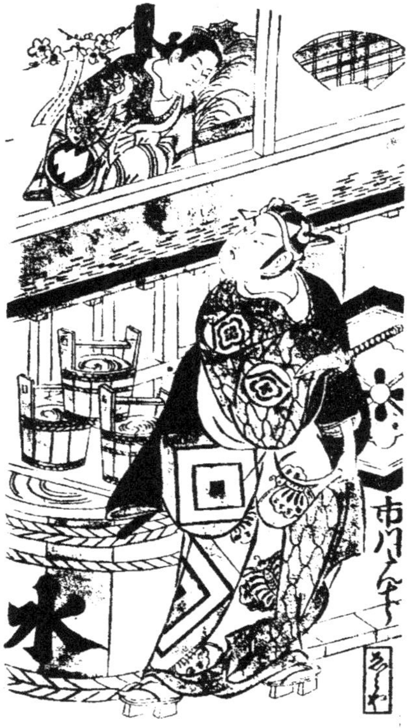

MASSANOBOU (Okumura)

(1685-1764)

12. Hosoyé. Femme relevant d'un geste gracieux sa robe, à ceinture poudrée d'or. Enluminure à tons polychromes.

Signé : Okumura Massanobou.

TOSHINOBOU (Okumura)

(1720-1763)

13. Hosoyé. Personnage debout, un éventail d'une main, une bouteille de l'autre. Tons polychromes à rehauts d'or.

Signé : Okumura Toshinobou.

14. — Jeune femme debout sous un prunier lisant une lettre. Enluminure à tons polychromes et poudré or.

Signé : Okumura Toshinobou.

SHIGENAGA (Nichimoura)

(1697-1756)

15. Hosoyé. Petits personnages causant à une mendiante devant la porte d'une habitation.

Signé : Nichimoura Shigenaga.

16. — Petits colporteurs descendant des rochers abruptes vers un temple au bord de la mer.

Signé : Nichimoura Shigenaga.

SUKENOBOU (Nichigawa)

(1677-1751)

17. Hosoyé. Fillette jouant au ballon devant une jeune femme accompagnée de sa musicienne. — Enluminure à tons jaune et rose.

Signé : Nichigawa Sukenobou.

18. Hosoyé. Femme coiffant un jeune homme, jouant de la biwa devant son miroir. — Parties laquées noir aux ceintures. *Signé :* Nichigawa Sukenobou.

19. — Jeune femme, suivie de son porteur, et causant à une jeune fille.
Signé : Nichigawa Sukenobou.

MASUNOBOU (Tanaka)

(1754-1771)

20. Nagaye Jeune fille se haussant sur la pointe des pieds pour cueillir des kakis à son jeune singe. La robe soulevée dans cette pose laisse apercevoir une partie des jambes. Jolie épreuve à tons harmonieux.
Signé : Tanaka Masunobou.

HARUNOBOU (Souzouki)

(1703-1770)

21. P. f. carré. **La partie de pêche.** — Deux jeunes filles en barque ; l'une debout pêchant, l'autre assise à ses pieds, suivant la ligne. Au fond, barque du passeur.
Signé : Souzouki Harunobou.

22. — **Le duo.** — Un jeune homme debout devant la porte d'une habitation, accompagne de sa flûte une joueuse de koto que l'on aperçoit à travers une baie vitrée. *Signé :* Suzuki Harunobou.

23. — **Chasse au faucon.** — Deux jeunes gens, accroupis au bord de l'eau, regardent leur faucon poursuivant une grue au-dessus du marais.
Signé : Suzuki Harunobou.

24. — Jeune homme accroupi derrière un store entr'ouvert, essaie de retenir par sa robe une jeune femme qui s'enfuit.
Signé : Suzuki Harunobou.

25. P. f. carré. **Partie de pêche.** — Un jeune homme, les jambes dans l'eau, plonge son filet devant un garçonnet très attentif à la manœuvre.

26. — **La sieste.** — Jeune fille, étendue sur son lit, vêtue de blanc, accoudée sur son traversin, attendant la pipette que lui prépare sa servante, le corps partiellement caché par les couvertures.

Signé : Suzuki Harunobou.

27. — **Causerie.** — Jeune fille debout, maintenant son kimono blanc, causant à sa compagne, à genou, jouant du shamisen.

Signé : Suzuki Harunobou.

28. — **Rêverie.** — Poétesse sur une terrasse, devant sa table à écrire, regardant des pêcheurs au loin sur la rivière.

29. — **Le petit coiffeur.** — Jeune garçon coiffant une jeune fille qui s'est endormie. Une jeune fille les regarde.

30. — **Le petit daïmio.** — Sous l'œil vigilant de sa mère, un jeune garçon s'avance fièrement, un cheval de bois entre les jambes.

Signé : Suzuki Harunobou.

31. — **L'attente.** — Jeune fille debout sur une terrasse, regardant au loin.

Signé : Suzuki Harunobou.

32. — **La pluie.** — Jeune seigneur, suivi de sa servante, qui, le parasol à la main, le préserve de l'ondée.

Signé : Suzuki Harunobou.

33. — **Préparatifs.** — Une servante finissant d'habiller sa maîtresse qui s'apprête à sortir.

Signé : Suzuki Harunobou.

34. — **Le jeu.** — Un jeune homme, debout au pied d'un mur, attend son ballon que va lui renvoyer une jeune fille qui apparait au-dessus du mur, grimpée sur une échelle.

Signé : Suzuki Harunobou.

35. — **Toilette.** — Jeune mère coiffant son enfant agenouillé à ses pieds.

Signé : Suzuki-Harunobou.

36. P. f. carré. **La cueillette.** — Une jeune fille courbée cueille des pousses de pins accompagnée d'une amie.

Signé : Suzuki-Harunobou.

37. — **Scène familiale.** — Fillette semblant désirer un jeune chat, blotti dans les bras de sa mère, debout à ses côtés.

Signé : Suzuki-Harunobou.

38. — **La lutte.** — Deux jeunes garçons luttant devant des camarades dont un sert de juge.

Signé : Suzuki-Harunobou.

39. — **Rêverie.** — Jeune fille accoudée à sa terrasse, sa pipette à la main.

Signé : Suzuki-Harunobou.

40. — **Le débarcadère.** — Jeune homme tendant les bras pour aider une jeune fille à descendre d'une barque.

Signé : Suzuki-Harunobou.

41. — **Coiffure.** — Jeune femme rasant la nuque d'une jeune fille agenouillée, la tête penchée.

Signé : Suzuki-Harunobou.

42. — **L'enlèvement.** — Jeune amoureux se sauvant en enlevant son amie grimpée sur ses épaules.

Signé : Suzuki-Harunobou.

43. — **La missive.** — Jeune homme tenant un chapeau de paille et une flûte, suivi d'une fillette qui lui remet un message, surveillée par une jeune fille les regardant à travers une baie.

Signé : Suzuki-Harunobou.

44. — **La boule de neige.** — Jeune femme se promenant par un temps de neige avec sa fillette qui roule devant elle une énorme boule de neige.

Signé : Suzuki-Harunobou.

45. — **La partie de volant.** — Jeune couple, leurs raquettes à la main, près d'un mur, cachant un prunier fleuri.

Signé : Suzuki-Harunobou.

46. — **Joueuse de koto.** — La musicienne, assise devant son instrument, rajuste les onglets, tandis qu'une amie feuillette un album.

Signé : Harunobou.

N° 49

N° 28

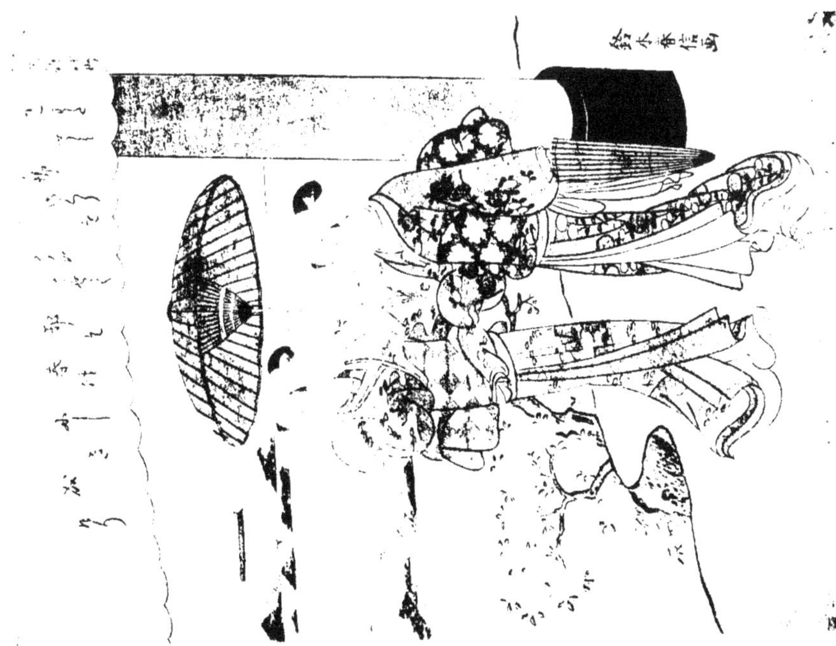

47. P. 1. carré. **Passage du gué** — Hoteï, une fillette sur ses épaules, traverse le gué, accompagné d'un garçonnet, portant un gros sac.

Signé : Souzouki Harunobou.

48. — **L'arrivée**. — Une jeune femme, près d'un lit, aide son ami à se dévêtir.

Signé : Souzouki Harunobou.

49. — **Causette**. → Deux jeunes femmes à coiffes blanches sont arrêtées près d'un torii, sous lequel elles s'abritent.

Signé : Suzuki-Harunobou.

50. — **L'écrivain**. — Une jeune femme, devant son miroir, la gorge nue, est surprise par son ami, en train d'écrire.

Signé : Suzuki-Harunobou.

51. — **L'oiselière**. — Jeune fille accompagnée d'une fillette, regardant une marchande d'oiseaux.

Signé : Suzuki-Harunobou.

52. — **L'indiscret**. — Jeune curieux regardant à travers une baie deux jeunes filles en train de lire.

Signé : Suzuki-Harunobou.

53. — **La boutique**. — Jeune seigneur, assis, s'apprêtant à bourrer sa pipette, et se retournant vers la débitante.

Signé : Suzuki-Harunobou.

54. — **La neige**. — Jeune femme et deux fillettes, soufflant sur leurs doigts après avoir joué avec une grosse boule de neige.

Signé : Suzuki-Haru[illegible]bou.

55. — **La lettre**. — Eclairée par une lampe, [illegible]s d'une moustiquaire, une jeune femme accroupie broie de l'encre d'une main et de l'autre tient une lettre qu'elle vient d'écrire. Auprès d'elle une fillette s'endort.

Signé : Souzouki-Harunobou.

56. — **Porteuse d'eau**. — Jeune femme à haute coiffure jaune, portant deux seaux d'eau de mer, le bras gauche élevé.

Signé : Suzuki-Harunobou.

57. P. f. carré. **Le soir.** — Une jeune femme est assise près de sa lanterne causant avec une fillette, pendant que la servante soulève la tenture.

Signé : Souzouki-Harunobou.

58. — **Promenade.** — Jeune femme et sa fillette se promenant dans la fraîcheur du soir.

Signé : Souzouki-Harunobou.

59. P. f. en long. De la terrasse d'une habitation, une jeune fille regarde au loin deux porteurs de fagots. Double page d'un roman.

HARUSHIGE (Suzuki)

(1747-1818)

60. P. f. carré. **La Pluie.** — Une jeune femme, abritée de la pluie par sa servante, s'empresse sous l'ondée.

Signé : Suzouki Harushige

61. — **L'Embarquement.** — Jeune couple causant, debout à l'arrière d'un bateau.

Signé : Harushige.

KORIUSAÏ (Isoda)

(1720-1782)

62. Nagaye. Grande femme debout sur une terrasse, tenant un jeune chat en laisse.

Signé : Koriusaï.

63. — **Temps d'orage.** — Un oni arrêtant un guerrier par son casque.

64. — Un jeune homme traversant un gué, tenant par la bride son cheval sur lequel est assise une jeune fumeuse.

Signé : Koriusaï.

65. — **En bateau.** — Une musicienne joue du shamisen à son ami, debout, qui tient un jeune singe juché sur son perchoir.

Signé : Koriusaï.

66. — Géant soulevant, avec un doigt, une fillette dont on aperçoit la jambe nue.

Signé : Koriusaï.

N° 48

N° 77

N° 50

N° 68

Z 20

Z 08

Z 18

Z 22

鈴木春信画

風流七小町

67. F. en haut. Grande femme en promenade, accompagnée de ses deux fillettes dont le vent soulève les vêtements.

Signé : Koriusaï.

68. P. f. carré. Jeune homme allumant sa pipette à celle de son amie, assise à côté de lui sur un banc.

Signé : Koriusaï.

69. — Fillette apportant sur un plateau des fruits à un jeune seigneur accroupi.

Signé : Koriusaï.

70. — Jeune femme frappant dans ses mains, accompagnée d'une fillette accroupie auprès d'elle.

Signé : Koriusaï.

71. — Branche de pivoines au-dessus de la rivière et insecte sur pivoine tombée à l'eau.

Signé : Koriusaï.

72. — Jeune seigneur debout, ayant son serviteur accroupi à ses pieds.

Signé : Koriusaï.

73. Form. haut. Gros garçon en Dieu du bonheur, élevant un maillet sur lequel s'est juché un rat.

74. — Personnage jouant d'un koto posé sur ses genoux.

BUNCHO (Ippitusaï)

(vers 1764-1796)

75. Hosoyé. Danseuses aux vêtements flottants, tenant un masque de chimère dans sa main.

Signé : Ippitusaï Buncho.

76. — Jeune femme, debout, sur une terrasse, tenant une lanterne.

Signé : Ippit. Buncho.

77. — Le soir, une dame et une fillette tenant une lanterne à la main passent près d'une boutique éclairée.

Signé : Ippit. Buncho.

78. — Une dame, élégamment habillée et coiffée, se repose près de deux cages d'oiseaux qu'elle vient de poser à terre.

Signé : Ippit. Buncho.

TOYOMASSA (Ishikawa)

(vers 1770-1780)

79. Hosoyé. Cinq feuilles des jeux d'enfants.

Signé : Ishikawa Toyomassa.

SHUNSHO (Katsugawa)

(vers 1724-1792)

80. Form. haut. Guerrier nouant sa mentonnière, pendant qu'une dame lui tient son carquois rempli de flèches.

Signé : Katsugawa Shunsho.

81. Fr. de livre. Seigneur aux pieds d'une dame noble sur une terrasse.

Signé : Katsuk. Shunsho.

82. Hosoyé. Acteur debout tirant son grand sabre.

Signé : Katsuk. Shunsho.

83. — Acteur debout, vêtu de blanc, tenant son grand chapeau de paille et une flûte.

Signé : Kat. Shunsho.

84. — Acteur en vieillard, habillé d'un vêtement de paille.

Signé : Kat. Shunsho.

85. — Acteur à haute coiffure rouge et à longs cheveux, debout, tenant un écran dans sa main droite.

Signé : Kat. Shunsho.

86. — Acteur conduisant un bœuf noir à l'aide d'une corde.

Signé : K. Shunsho.

87. — Acteur costumé en pèlerin, portant une hotte et un long bâton.

Signé : Shunsho.

88. — Personnage accroupi, offrant une coupe de saké à une dame debout près de lui.

Signé : Shunsho.

N° 121

N° 151

N° 93

N° 154

N° 134

N° 93

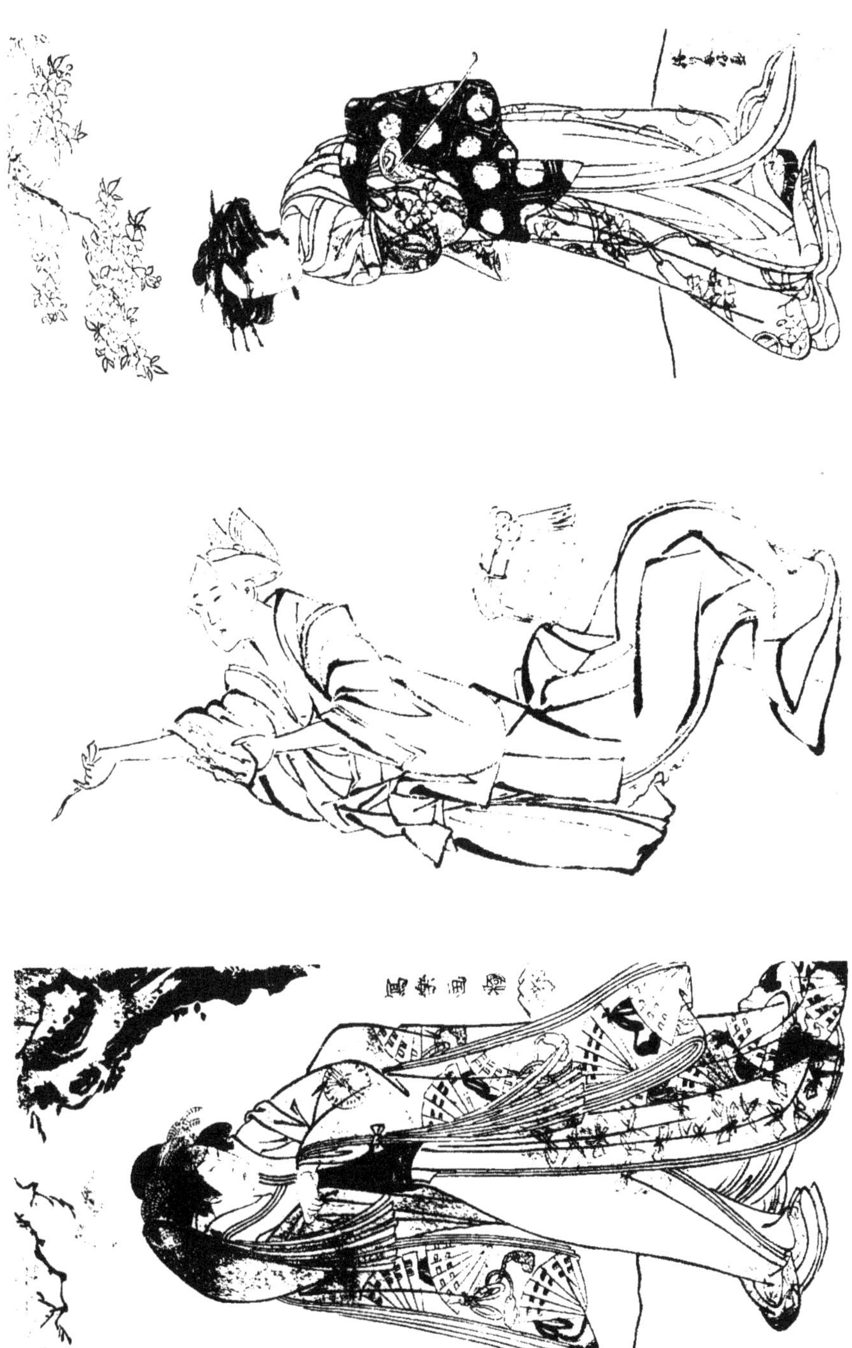

SHUNKO (Katsugawa)

(vers 1765-178.)

89. Hosoyé. Acteur passant son sabre à travers le corps d'un homme réfugié derrière une haie de bambous.

Signé : Shunko.

90. — Acteur en femme tenant des deux mains un long makemono.

Signé : Shunko.

Cachet d'Hayashi.

91. — Acteur en femme tenant un grand sabre à deux mains.

Signé : Kats. Shunko.

92. — Acteur en femme, vêtement noir, debout près un store.

Signé : Kats. Shunko.

93. — Acteur en femme, debout sous les cerisiers fleuris, sa pipette à la main.

Signé : Kats. Shunko.

SHUNYEI (Katsugawa)

(1769-1819)

94. Hosoyé. Acteur en vêtements noir et blanc, tenant un parasol déchiré.

95. — Acteur en porteuse d'eau salée, sous les pruniers fleuris.

Signé : Shunyei.

96. — Acteur en femme, debout près d'un cours d'eau, ceint d'une large ceinture noire.

Signé : Shunyei.

97. — Acteur en vêtement noir et pantalon clair, debout, la main droite appuyée sur la poignée de son sabre.

Signé : Shunyei.

98. — Acteur en ronin, debout, tenant un martinet et une lanterne.

Signé : Shunyei.

99. Hosoyé. Acteur en ronin, portant sur l'épaule droite un énorme maillet.

Signé : Shunyeï.

100. — Acteur en ronin, guettant, ayant au côté gauche un immense arc.

Signé : Shunyeï.

101. — Acteur en ronin portant une échelle.

Signé : Shunyeï.

102. — Acteur en ronin tenant une grande lance de la main gauche.

Signé : Shunyeï.

103. — Acteur en vêtement rose rayé, les mains cachées.

Signé : Shunyeï.

TOYOHIRO (Utagawa)

(1773-1828)

104. P. form. car. Jeune femme accroupie devant son miroir, arrangeant sa coiffure, reflétée derrière dans une glace qu'elle tient de la main gauche.

Grisaille. *Signé :* Toyohiro.

105. Nagaye. Grande femme, un papier à la main, debout près d'un réchaud où chauffe une bouilloire.

Signé : Toyohiro.

106. — Grande femme à chapeau blanc, debout sur un pont, tenant un éventail de sa main gauche.

Grisaille.

TOYOKUNI (Utagawa)

(1769-1825)

107. P. f. carré. **Scène d'intérieur.** — Dame accroupie près d'une table basse écoutant un tambourinaire, pendant qu'une fillette lui apporte une tasse de thé.

Signé : Toyokuni.

N° 20

N° 190

N° 106

108. Triptyque. **Le pressoir à riz.** — Une jeune noble fume sa pipettte, pendant qu'on offre une coupe de saké nouveau à une dame.

Signé : Toyokuni.

KIYONAGA (Torii)

(1752-1814)

109. Nagaye. Grande dame à chapeau blanc, en promenade, accompagnée d'un serviteur, qui se baisse pour rattacher sa chaussure.

Signé : Kiyonaga.

110. P. f. long. Portraits de neuf acteurs minuscules debout.

Signé : Torii Kiyonaga.

111. — Dame et deux fillettes se promenant en somptueux costumes et richement coiffées.

Signé : Torii Kiyonaga.

112. P. f. carré. Jeune homme, masqué, vêtu de noir, accosté par deux dames.

Signé en réserve : Torii Kiyonaga.

113. — Jeune seigneur à longs cheveux, accroupi, tenant son éventail fermé.

Signé : Torii Kiyonaga.

113 *bis*. — Guerrier à tête de cheval, debout sous un cerisier fleuri, tenant un sceptre de la mai · gauche.

SHUNTCHO (Katsukawa)

(vers 1780 à 1820)

114. Triptyque. Scène d'intérieur dans une habitation en vue d'un parc. Réunion de dames auxquelles des servantes apportent des fleurs et des fruits.

Signé : Katsukawa Shuntcho.

115. Nagaye. Grande femme debout sur une terrasse, derrière une cloison ajourée, un vase de fleurs à ses pieds.

Signé : Katsukawa Shuntcho.

116. F. hauteur. Promenade de quatre dames et de quatre fillettes, au premier jour de l'An. Somptueux costumes.

Signé : Shunteho.

117. P. f. carré. Joueuse de shamisen accroupie, remettant une corde à son instrument; une amie debout auprès d'elle et une fillette apportant une lettre.

Signé : Shunteho.

118 — Deux jeunes filles debout sur une terrasse.

Signé : Shunteho.

SHARAKOU (Tochiuçai)

(vers 1775-1810)

119. P. f. carré. Yebizu et ses poissons.

Signé : Sharakou.

120. P. f. hosoyé. Acteur en vêtements gris, debout, tenant un seau.

Signé : Sharakou.

121. — Acteur en femme, vêtement et coiffure décorés d'éventails, le bras droit élevé.

Signé : Sharakou.

121 *bis*. F. haut. Buste de jeune homme louchant, le visage tourné vers la droite, sa robe noire décorée de mon en croix — sur fond noir micacé.

Signé : Tochiuçaï Sharakou.

122. — Buste d'acteur, le visage tourné à gauche, en vêtement rouge quadrillé noir, décoré de mon carré — fond noir micacé.

Signé : Tochiuçaï Sharakou.

123. — Buste d'acteur en femme, le visage tourné à droite, portant un grand peigne et une épingle dans sa chevelure. Le vêtement blanc est décoré de mons d'éventails — sur fond noir micacé.

Signé : Tochiuçaï Sharakou.

124. — Buste d'acteur, le visage tourné vers la gauche, tenant un sabre à fourreau rouge de la main gauche. — Le vêtement brun est décoré de mons en croix inscrits dans un cercle.

Signé : Tochiu. Sarakou.

N° 122

N° 125

N° 124

N° 123

125. F. hauteur. Buste d'acteur, en robe rouge, tirant le sabre; tête tournée à droite.

Signé : Tochiusaï Sarakou.

OUTAMARO (Kitagawa)

(1754-1806)

126. F. hauteur. Buste de femme, visage tourné vers la droite, la chevelure garnie de nombreuses épingles.

Signé : Outamaro.

127. — Buste de femme, visage tourné vers la droite, haut chignon, portant des peignes et des épingles — tons verdâtre et violet.

Signé : Outamaro.

128. — Buste de deux femmes lisant une lettre déroulée sous la forme de makemono.

Signé : Outamaro.

129. — Buste de trois personnages. — Une femme au pied d'un jeune seigneur, épiée par son mari dissimulé derrière un paravent (scène des Ronins).

Signé : Outamaro.

130. — **La chasse aux lucioles.** — Un jeune homme, les jambes nues dans la rivière, s'avance vers les bambous, pendant qu'une dame derrière lui agite son éventail, accompagnée d'une amie.

Signé : Outamaro.

131. — Une dame soufflant sa chandelle, tandis qu'une servante une lumière à la main, emporte la boîte au shamisen.

Signé : Outamaro.

132. — **La moustiquaire**. — Jeune femme soulevant la moustiquaire pour sortir, tandis que son ami couché fume sa pipette.

Signé : Outamaro.

133. — Plante sortant d'un vase cylindrique autour duquel s'enroule un dragon.

Signé : Outamaro.

134. Triptyque. Une princesse, entourée de ses femmes, descend de sa voiture de voyage.

Signé : Outamaro.

135. — Trois groupes de dames en costume de cours, à haute coiffure; dans le ciel, un vol de grues des poésies attachées aux pattes.

Signé : Outamaro.

136. — Princesse, entourée de ses femmes, descendant du somptueux char de laque qui l'amena sous les cerisiers fleuris.

Signé : Outamaro.

137. — Vue de la Soumida, près d'un pont; la rivière chargée de nombreuses barques.

Signé : Outamaro.

138. — **La pêche**. — Derrière les mailles d'un filet tendu par un pêcheur, apparaît comme à travers un fin grillage, un bateau de plaisance tout rempli d'une société de femmes à l'une desquelles un jeune homme offre une coupe de saké. Au centre, la figure du batelier, assis sur le toit de la barque, domine la composition qui se complète à droite par quelques jeunes personnes extasiées devant un baquet déjà plein de poissons.

Signé : Outamaro.

139. P. f. carré. **Une grisaille**. — Femme s'abritant de la pluie, cherchant son chemin une lanterne à la main.

TCHOKI (Yeishosaï)

(1773-1805)

140. F. hauteur. Trois bustes de femmes représentant les trois beautés des capitales.

Signé : Tchoki.

141. P. f. carré. **La danse**. — Jeune homme et deux femmes dansant.

Signé : Tchoki.

N° 147

YEISHI (Chobunsaï)

(vers 1780-1805)

142. F. hauteur. Deux femmes élégamment vêtues, suivies d'un garçonnet, en promenade au bord d'une rivière où se joue un dragon.

Signé : Yeishi.

143. — Femmes et enfants se promenant sur une terrasse au bord d'un lac.

Signé : Yeishi.

144. — Femmes et fillettes se promenant devant les boutiques. Cachet Hayashi.

Signé : Yeishi.

145. — Jeune femme accroupie contemplant dans sa main gauche un jouet représentant un jeune seigneur jouant du tambour.

Signé : Yeishi.

146. Dyptique. Jeune seigneur et dames passant près d'un puits dans un parc.

YEISHO (Chokosaï)

(vers 1800)

147. Diptyque. Coin de salon au Yoshiwara. Deux grandes femmes, élégamment vêtues, assises devant le fameux Paravent peint par Outamaro, représentant un immense paon.

Signé : Yeisho.

148. Form. haut. Noble dame se promenant avec deux jeunes filles.

Signé : Yeisho.

149. Form. haut. Trois jeunes femmes se promenant sous les lanternes.

Signé : Yeisho.

YEIRI (Rekicenté)

(vers 1780-1810)

150. — **Scène familiale**. — Jeune enfant dans les bras de sa mère.

Signé : Yeiri.

N° 144

N° 130

N° 131

N° 143

Z 131 Z 143

Z 144 Z 130

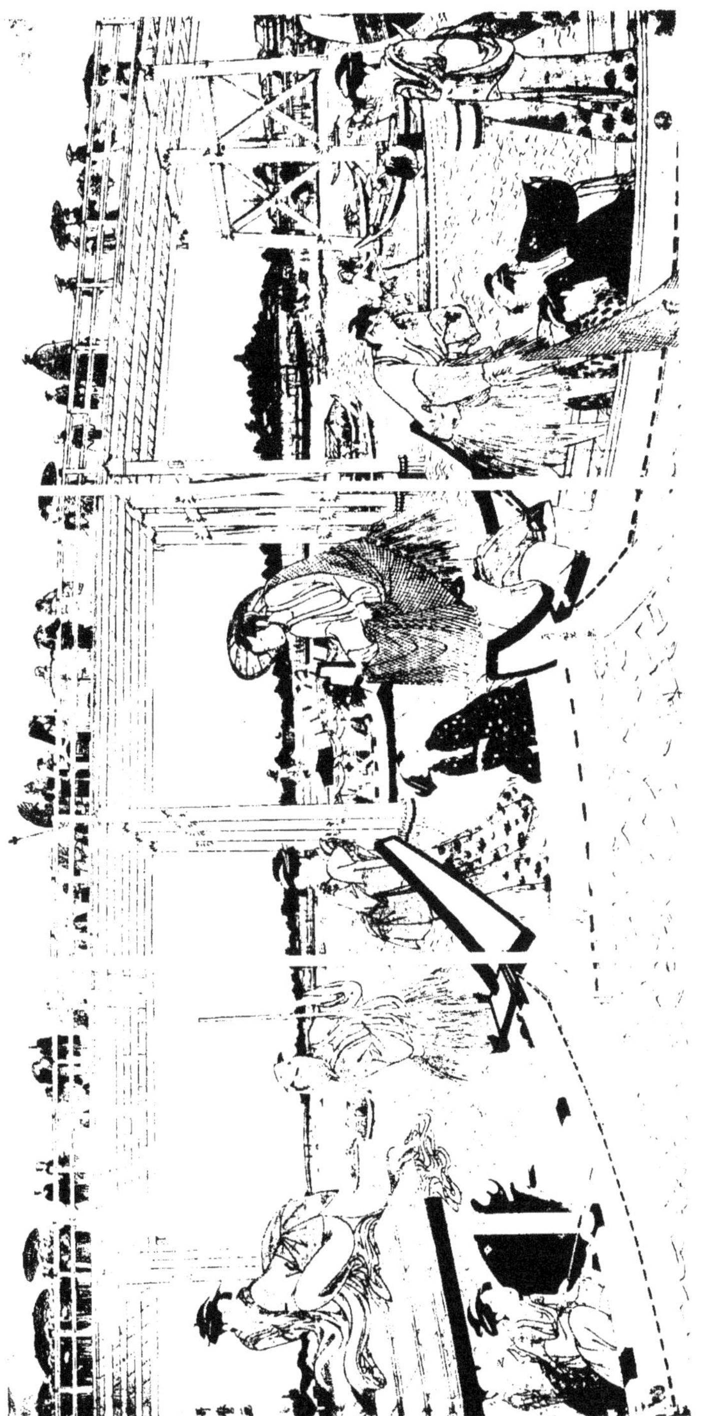

DESSINS

HOK'SAÏ (Katsuchika)

(1760-1849)

151. Gr. f. haut. Femme en longue robe à traîne, le buste incliné en arrière, la main droite élevée, tenant un papier.

Attribué à Hok'saï.

152. Form. haut. Guerrier se protégeant derrière une planche contre des satires qui le menacent.

D'après Hok'saï.

153. — Personnages, cheveux au vent, chevauchant la roue de la fortune.

D'après Hok'saï.

154. — Même sujet.

D'après Hok'saï.

155. — Guerrier incliné, son grand sabre derrière lui.

D'après Hok'saï.

156. — Guerrier brandissant son sabre d'un geste furieux.

D'après Hok'saï.

157. — Personnage descendant le long d'un rocher, une corde entre ses dents.

D'après Hok'saï.

158. — Personnage, torse et pieds nus, menaçant de son sabre.

D'après Hok'saï.

159. — Deux personnages, hotte au dos, causant.

D'après Hok'saï.

160. Form. haut. Servante accroupie, appuyée sur sa main gauche, offrant une coupe à saké.

D'après Hok'saï.

161. — Personnage s'aidant de ses pieds et de ses mains pour tendre son arc.

D'après Hok'saï.

162. — Colporteurs se reposant.

D'après Hok'saï.

163. Form. larg. Personnages se reposant avant de prendre le thé.

D'après Hok'saï.

164. — Le danseur.

D'après Hok'saï.

165. — Bûcheron, son fagot sur son dos, se dirigeant vers un ruisseau.

D'après Hok'saï.

166. — Cavalier cravachant son cheval qui se cabre.

D'après Hok'saï.

167. — Guerrier réfugié derrière une cloison où s'abattent les flèches, porte un vigoureux coup de sabre à son ennemi.

D'après Hok'saï.

168. — **Chiushingura**. — Onze planches en couleur de l'histoire des Ronins.

Signé : Tokitaro Kako.

Les 36 vues du Fuyi.

169. — **Yedo Nihonbashi**. — Vue prise du pont de Nihon, sur un canal bordé d'entrepôts, le Fuji pointant au-dessus des constructions, à gauche, les tours du temple de Uyeno, apparaissant dans les arbres.

Signé : Zén Hokusaï Iitsu.

170. — **Soshu Shichiri-ga-hama**. — Dans la province de Soshu (Sagami). Presqu'île bleu et vert, couverte de jeunes pins et de grands arbres; la montagne se détachant blanche sur le ciel bleu, couvert de curieux nuages blancs.

Même signature.

171. — **Go hyaku Rakan ji Sazaido** — Le Fuji vu de la

N° 178

Pagode des Cinq Cents Rakkans, à Yédo. Des hommes et des femmes, appuyés sur la balustrade, contemplant le brillant lever du soleil sur le pic neigeux.

Même signature.

Les Cent poèmes expliqués par la nourrice.

172. Form. larg. **Poème par Bunya no Asayasu.** — Des femmes dans un bateau, sur un lac couvert de beaux nénuphars faisant une moisson de fleurs et de feuilles.

Même signature.

173. — **Poème par Kiyowara no Fukayabu.** — La proue d'un grand plateau de plaisir éclairée par des lanternes, et deux autres bateaux sur le courant, à la tombée d'une nuit d'été sans lune.

Même signature.

174. — **Poème par Fujiwara no Ioshiyuki.** — Une grande jonque, vent arrière, passant dans la baie de Suminoe, dans le Seksu, où est le temple des Dieux de la Mer.

Même signature.

Série des Ponts.

175. — **Settsu, Temma bashi.** — Le pont Temma, à Osaka. Scène de nuit à l'occasion de la Fête des *Lanternes*.

Même signature.

176. — **Settsu gekka.** — Les Trois amis du poète « La Neige, la Lune, les Fleurs ». La Lune sur la Sumida.

Même signature.

177. — **Settsu gekka.** — Les fleurs de cerisiers.

Même signature.

Série des Fleurs.

178. — Les pivoines et le papillon.

Même signature.

Série des Cascades.

179. — **Kirifuri no taki.** — La chute Kirifuri (ou La rosée qui tombe) dans les montagnes Kurokami, province

de Shimotsuke. Des hommes contemplent cette cascade aux bras nombreux. Deux autres hommes grimpant les rochers sur la droite.

Même signature.

180. **Grande estampe en hauteur**. — Scène familiale. Un homme portant sa fillette sur ses épaules, accompagné de deux femmes.

Signé :

Shika Sha Shin Kyo. « *L'Imagination des Poètes*. »

181. **Abe no Nakamaro**, assis sur le balcon d'un palais en Chine, sous un grand pin regardant la lune. Il fut envoyé tout jeune en Chine, par le Japon, pour surprendre les secrets du Calendrier chinois et fut reçu gracieusement par l'Empereur, qui le fêta, l'enivra, et donna l'ordre ensuite de l'emprisonner en le laissant mourir de faim. Dans son agonie, il écrivit une poésie se demandant si la lune qu'il contemplait du palais, était bien celle qui éclairait son pays, près du mont Mikasa.

Signé : Zén Hoksaï Iïtsu.

182. **Su-She**. — Le célèbre officier chinois, après avoir obtenu une très haute situation fut dégradé et banni dans l'île Haïnan. La scène représente ici le pauvre exilé, découragé, à cheval, dans un chemin tortueux, à pic sur la mer, regardant les mouettes dans l'orage de neige, enviant leurs ailes qui pourraient le porter chez lui.... derrière lui, un serviteur.

Même signature.

183. **Tokusa Kari**. — « La récolte du Tokusa », varech employé jadis à la fabrication du papier. Un vieux paysan, retournant chez lui, passe sur un pont au-dessus d'un courant rapide, qui va se jeter dans un lac où barbottent des canards. La pleine lune, jette une lumière argentée sur les arbres. La nature calme incite au repos bien mérité le vieux travailleur.

Même signature.

184. **Shoneviko**. — Ce titre est le nom d'un poème chinois sur les plaisirs du voyage. Un noble cavalier sur son coursier blanc pousse son cheval sur la route sinueuse qui borde le lac, son courrier en tête. Le cavalier paraît contempler la gracieuse silhouette d'un saule courbé par le vent.

Même signature.

185. **Hakuraku** fut envoyé par l'Empereur de Chine à la recherche d'un étalon parfait. Sur le point de partir pour remplir sa mission

N° 182

N° 183

N° 181

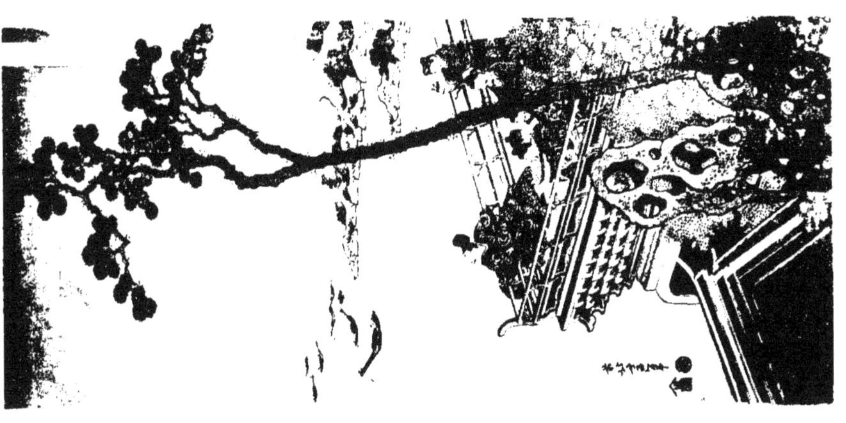

il interroge un sage Chinois qu'il rencontre pêchant au bord de l'eau. Ce ne fut cependant qu'après de longues pérégrinations, qu'il réussit à trouver le cheval demandé. La barque parée l'attend au pied de hauts rochers.

Même signature.

186. Même sujet que le n° 184.

HOKUJIU (Shoteï)

(vers 1820-1830)

187. Form. larg. Vue du pont de Nihon, à Yedo, au milieu des maisons.

Signé : Hokujiu.

KUNISADA (Utagawa)

(1785-1864)

188. Tryptique. Grand combat entre barques dans la tempête ; la mer démontée cachant les détails de la lutte.

Signé : Kounisada.

KUNIYOSHI (Utagawa)

(1797-1861)

189. Form. larg. La récolte des varechs. Deux petits personnages en barque, cueillant des varechs.

Signé : Kouniyoshi.

HIROSHIGE (Ichiryusai)

(1796-1858)

190. G. form. h. L'hiver dans la montagne. Sous la neige profonde, au pied d'un pic gigantesque, un pont rustique surmonte un torrent dont les eaux bleues coulent au fond d'une gorge abrupte.

Signé : Hiroshigé.

191. Triptyque. Vue de Kanazawa, dans le Musashi, par le clair de lune. Copie parfaite d'un lac fameux du Japon pittoresque.

Signé : Hiroshigé.

192. — Les rapides de Awa no Naruto, un des plus fameux tryptiques d'Hiroshige, et datant de sa meilleure période.

Signé : Hiroshigé.

193. P. f. larg. Vue de Yui, une des stations du Tokaido. Barque sur le lac, en vue de Fuji.

Signé : Hiroshigé.

194. — Vue de Kambare, sur la route du Tokaido, par un temps de neige.

Signé : Hiroshigé.

195. — Vue de Yedo. La sortie du Yochiwara, le soir.

Signé : Hiroshigé.

196. Form. haut. Chimère sur le haut d'un rocher, surveillant son petit qui s'efforce de la rejoindre.

Signé : Hiroshigé.

197. — Sept estampes en largeur de la série « Naniwa Meicho ». Vues célèbres de Naniwa (Osaka).

Signé : Hiroshigé.

198. — Deux estampes en largeur. « Yedo Meicho ». Vues célèbres de Yedo.

Signé : Hiroshigé.

KEIÇAI (Yeisen)

(1800-1848)

199. Petit trip. Promenade de dames sur une terrasse fleurie.

N° 192

SOURIMONOS

SHUNMAN (Kubo)

(vers 1785-1815)

200. Grand sourimono en largeur. Promenade en barque, de deux dames, se dirigeant vers la berge.

Signé : Kubo Shunman.

HOKSAI (Katsuchika)

(1760-1849)

201. Petit form. Deux dames debout sur un ponton se dirigeant vers une barque.

Signé : Guakiyo Hoksai.

202. — Dame assise, fumant sur sa terrasse, sa fillette à côté d'elle jouant au ballon.

Signé : Hoksai Iitsu.

203. Form. car. Divers attributs, deux feuilles.

Signé : Hoksai Iitsu.

204. — Daïkokou, le dos à terre, les jambes relevées portant une balle de riz, à côté un coq sur un tambour.

Signé : Iitsu Hoksai.

205. — Dame, grattant avec son épingle à cheveux, l'oreille de Benki.

Signé : Iitsu.

206. Form. car. Theière, jardinière fleurie, ciseau et plateau.
Signé : Iitsu.

207. — Selle, horloge, étrier et chevalet d'écurie.
Signé : Iitsu.

208. — Divers attributs.
Signé : Iitsu.

209. — Cantine, chevalets, boîtes diverses.
Signé : Iitsu.

HIDEMARO (Kitagawa)

(vers 1804-1817)

210. S. en larg. Voyageurs cheminant sur la plage en vue de l'île Yenochima.
Signé : Hidemaro.

TSUKIMARO

(1804-1817)

211. Form. carré. Kintoki, l'enfant rouge, terrassant un aigle à l'aide d'une grande hache.
Signé : Tsukimaro.

HOKKEI (Todoua)

(vers 1800-1840)

212. Form. carré. Quatre feuilles. Atttributs et ustensiles divers.
Signé : Hokkei.

213. — Quatre feuilles. Dames en promenade, écrivant et fumant.
Signé : Hokkei.

214. — Trois feuilles. Dames tirant de l'arc, coupant du papier, préparant le thé.
Signé : Hokkei.

215. — Deux feuilles. Dame et jouets; — Dame et étoffes.
Signé : Hokkei.

216. Form. carré. Deux feuilles, Dame accroupie et chapeau. — Dame lisant.

Signé : Hokkei.

217. — Deux feuilles. Guerrier accroupi sur une immense tortue. — Personnage accroupi, élevant une carpe.

Signé : Hokkei.

218. — Grand singe déguisé en danseur de Nô, avec accessoires.

Signé : Hokkei.

219. — Seigneur à cheval, une femme à pied à côté de lui portant son grand sabre.

Signé : Hokkei.

220. — Joueuse de koto.

Signé : Hokkei.

221. — Coquillages.

Signé : Hokkei.

222. — Petits personnages en barque.

Signé : Hokkei.

223. — Dame noble en costume de cérémonie.

Signé : Hokkei.

224. — Petits personnages princiers accroupis sur un tapis. (sourimono dans le style de Tosa).

Signé : Hokkei.

225. — Musicienne en riche costume debout près d'une table.

Signé : Hokkei.

226. — Noble Seigneur, le coude appuyé sur un support, écoutant une musicienne accroupie devant lui avec un koto.

Signé : Hokkei.

227. — Dame debout portant une jardinière d'où sort un arbre nain.

Signé : Hokkei.

228. — Dame noble en riche costume, assise dans un fauteuil, le visage reflété dans un miroir.

Signé : Hokkei.

229. — Bûcheronne assise sur un fagot au pied d'un arbre. Composition dans le style d'Hoksaï.

Signé : Hokkei.

230. Form. carré. La halte à l'auberge. Le montreur de singe causant avec la servante en train de nettoyer. Style d'Hoksaï.

Signé : Hokkei.

231. — Un homme tenant un râteau, accompagné d'un enfant portant un panier, près d'un bateau. Style d'Hoksaï.

Signé : Hokkei.

232. — Servante au puits, près d'une chaumière. Style d'Hoksaï.

Signé : Hokkei.

233. — Paysage. Cavalier minuscule conduit par un piéton. Personnage agenouillé regardant un prunier nain.

Signé : Hokkei.

234. — Trois dames, marchant, agenouillées, tenant un shamusen.

Signé : Hokkei.

GAKUTEÏ (Yashima

(vers 1800-1840)

235. Form. car. Bibliothèque à roulettes, contenant des livres et des makermono.

Signé : Gakuteï.

236. Paon sur un éventail, et buste de femme en médaillon.

Signé : Gakuteï.

237. — Dame noble, portant un enfant.

Signé : Gakuteï.

238. — Dame en riche costume, suivant de l'œil une araignée.

Signé : Gakuteï.

239. Dame en somptueux costume et vieillard accroupi regardant une branche fleurie.

Signé : Gakuteï.

240. — Musicienne en coiffure de gala, somptueusement vêtue ; près d'un arbre du sommet duquel descend un dragon en s'enroulant.

Signé : Gakuteï.

241. Form. carré. Bouilloire et coupe à saké.

Signé : Gakuteï.

242. — Dame debout sur une terrasse, soulevant une draperie, tenant un éventail.

Signé : Gakuteï.

243. — Archer debout tenant une perle sacrée.

Signé : Gakuteï.

244. — Seigneur debout en grand vêtement noir.

Signé : Gakuteï.

245. — Cinq feuilles de guerriers porteurs de diverses armes.

Signé : Gakuteï.

246. — Dame noble sur une terrasse au-dessus d'un escalier fleuri. Dames en vêtements de cour accroupies sur une terrasse.

TOYOHIRO (Utagawa)

(1773-1828)

247. Form. car. Attributs divers et papillons.

Signé : Toyohiro.

SHINSAÏ (Ryuryukio)

(vers 1803-1845)

248. Form. car. Dame noble suivie de son porteur (style d'Hoksaï).

Signé : Shinsaï.

249. — Carpe, bambous et vase.

Signé : Shinsaï.

250. — Gobelet, bouilloire et bols divers.

Signé : Shinsaï.

251. — Petit meuble, plateau et écrans.

Signé : Shinsaï.

252. — Grand sourimono. — Scène de fête. Gai cortège précédé de deux musiciens.

Signé : Ryuryukio Shinsaï.

SHIGENOBOU (Yanagawa)

(1782-1832)

253. Form. car. Dix feuilles. — Dames en diverses occupations.
Signé : Shigenobou.

254. — Personnage assis sur le haut d'un rocher, tortue marine sortant de l'eau.
Cachet : Yanagawa.

255. — Deux dames, et servante, devant une table minuscule portant un arbre nain.

TORINE (Tsutsumi)

(vers 1780-1820)

256. Form. car. Large sourimono. — Deux grotesques près d'un arbre.

RIUSAÏ (Issai)

(vers 1850)

257. Form. car. Deux dytiques. — Intérieur d'habitation seigneuriale. — Noble et suivant près de la mer.
Signé : Riusaï.

258. — Musiciens grotesques à chevelure rouge et personnage tenant un immense parasol.
Signé : Riusaï.

KUNISADA (Utagawa)

(1785-1864)

259. Form. carré. Personnage tête nue aux pieds d'un guerrier assis.
Signé : Kunisada.

260. — Bœuf couché, vu de dos.
Signé : Kunisada.

261. Form. larg. Personnage à deux sabres, effrayé à la vue d'une apparition, sous les traits d'un seigneur.

Signé : Kounisada.

262. Form. carré. Femme debout, retenant par sa ceinture un homme qui veut s'échapper.

Signé : Gototei.

263. — Femme debout relevant son vêtement par un temps de pluie.

Signé : Kunisada.

KUNIYOSHI (Utagawa)

(1797-1861)

264. — Pêcheuse debout dans la rivière, tenant un poisson de sa main droite.

Signé : Kouniyoshi.

265. — Femme accroupie réchauffant un chat sur sa poitrine.

Signé : Kouniyoshi.

266. — Femme debout au bord de la mer, au loin une flottille à l'ancre.

Signé : Kouniyoshi.

SADAKAGHÉ

(vers 1840)

267. — Femme accroupie, ajustant une épingle en ses cheveux, un petit miroir dans la main gauche.

Signé : Kochotei Sadakaghé.

YAMATO SHUNKYO

(XIXe)

268. — Personnage noble, un long sabre à ses côtés, tenant un éventail.

Signé : Yamato Shunkyo.

KEISAÏ (Yeisen)

(1789-1848)

269. Form. carré. Cinq feuilles, diverses occupations de femmes.

Signé : Keisaï.

270. — Etriers, mors, canne et fleurs.

Signé : Keisaï.

271. — Jeune enfant essayant d'atteindre la branche fleurie que lui tend sa mère.

Signé : Keisaï.

272. — Deux dames à longue chevelure, cueillant des pousses de pins.

273. F. en larg. Mère et enfant en extase devant l'ombre d'un lapin produite par la disposition des mains d'une personne derrière le panneau.

SONSAÏ

(vers 1840)

274. F. en larg. Dame accrochant des poésies aux branches d'un arbre fleuri aidée d'une amie broyant de l'encre.

Signé : Sonsaï.

SHOURÏ

(vers 1840)

275. Form. carré. Etoffes et attributs divers.

Signé : Shouri.

SHIHAROU

(vers 1840

276. Form. carré. Quinze feuilles. Danseuses en diverses poses.

YEINOBOU

(vers 1850)

277. Form. carré. Bol, épingles et attributs divers.

Signé : Yeinobou.

YEISAI

(XIXe)

278. Form. carré. Trois feuilles. Acteurs en diverses occupations, écrivant, fumant, prenant le thé.

DIVERS

(XIXe)

279. Form. carré. Deux feuilles. Rats grignotant.
Personnage frappant à la porte d'une maison.

ÉVREUX, IMPRIMERIE CH. HÉRISSEY ET FILS

ORDRE DES VACATIONS

3 JUIN		4 JUIN		5 JUIN	
	N° 210 à 234		N° 235 à 246		N° 259 à 267
	» 1 à 41		» 42 à 78		» 151 à 199
	» 79 à 108		» 109 à 150		» 268 à 279
	» 200 à 209		» 247 à 258		

www.ingramcontent.com/pod-product-compliance
Ingram Content Group UK Ltd.
Pitfield, Milton Keynes, MK11 3LW, UK
UKHW020344180726
13839UKWH00002B/903

9 782329 453774